夕日の坂道

yuuhi no sakamichi
Satake mika

佐竹三佳句集

ふらんす堂

序

大阪の歴史を繙くと、すぐに「上町《うえまち》台地」という言葉に行き当たる。大阪市内を南北十キロ程に渡って貫く洪積台地で、現在の市街地のほとんどが海だった古代には半島をなし、難波宮や四天王寺が造営された政治と文化の中心だった。豊臣秀吉の大阪城は、この上町台地の北端に聳える。

三佳さんはこの世に生まれてこの方、上町台地の真ん中に暮らしてきた。キタだ、ミナミだ、と今の繁華街がいくら賑っても、しょせん大阪では新参である。三佳さんが大阪の起源と言える土地の人であることが私にはゆかしく思われる。

坂道の途中の春の日暮かな
朝蟬や通天閣に月のこる
松蟬に昼の静けき熊野道
しまひ湯に四天王寺の除夜の鐘
明け方の枕のくぼみ西鶴忌

寒柝や一町つづく寺の塀

ミナミの繁華街から東へ向かうと、源聖寺坂、口縄坂、愛染坂、清水坂、天神坂といった古い坂道がいくつもあり、登った先に広がるのが上町台地だ。振り返れば大阪湾に沈む夕日が見える。四天王寺では上代より夕日を拝して極楽浄土を思う日想観が行われる。何気なく詠まれた「坂道の途中の春の日暮」は、ただの日暮ではない。奥深い歴史の背景があるのだ。

朝月の下に通天閣を望み、平安貴族が都から熊野詣に向かった古の熊野街道を歩き、年の湯に四天王寺の除夜の鐘を聞く。上町台地には秀吉の政策で寺が強制的に集められて寺町をなし、西鶴の墓もこの地の寺にある。こうした大阪の歴史が、三佳さんの日常の作品にさりげなく顔をのぞかせる。

三佳さんの父は、手がけた商売のために必要だと、この地の蔵のある旧家を買い取った。それが三佳さんの生家である。年末には使用人たちが畳を返して大掃除をする。三佳さんは同居する祖母に連れられて、近所の四天王寺へ煤逃に出かけた。三佳さんの俳句には人情味がある。恋の句も多い。

毛糸編む恋の終ひは吾が決めし
ふたたびは通はぬ部屋や冬林檎
人の死の通り過ぎたりしやぼん玉
遠火事に切れば血の出る女だよッ
緑蔭に大きな借りのあるごとし
奈良団扇膝の男にはたはたと

これらの句の味わいは、三佳さん自身の経験も交えつつ、店や家に出入りする人々から見聞する大阪の市井の人間模様から拾い上げたものなのではないか。

三佳さんが鷹に入ったのは平成九年。ちょうどその頃、三十代だった三佳さんの同世代が大阪に揃い、藤田湘子先生の指示で大阪新人会が結成された。伊沢惠さんの指導の下で切磋琢磨する恵まれた環境で俳句を学ぶことができたのは幸いだった。当時のメンバーは今では鷹関西支部の中心となり、三佳さんも大阪句会部長として尽力している。

サイダーに子役の休み時間かな
うすらひの溶けたる魚のなみだかな
熱燗を口がむかへに行きにけり
松 高 く 大 華 厳 寺 の 門 涼 し
さくさくと葱をきざみて考へず
顔 捨 て て 坐 り し 男 暦 売

ここ十年ほどの三佳さんの作品から引いてみた。一句目は歌舞伎の子役だろうか。大人ばかりの楽屋でサイダーを飲む子がかわいらしい。二句目は消えゆく薄氷に芭蕉の「奥の細道」出立の場面を重ねている。三句目は猪口に近づく口の形が見えるようだ。

四句目の大華厳寺は華厳宗総本山たる東大寺のこと。観光名所の東大寺南大門が奈良時代の威厳そのままに格調高く詠まれた。次の葱の句には慣れた手順通りに運ぶ日常のリズムがある。最後の句の暦売、素性の知れぬ男が無表情に坐り込む様を、「顔捨てて」の厳しい措辞で描き切った。多彩な作品それぞれが、三佳さんの俳句の今の到達点を示している。

さて、三佳さんは会社勤めを全うしながら生まれ育った家に留まり、まずは父を送り、それから自身は大病を経験、そして母を介護する長い月日を過ごした。

父の手の胡桃しめつてゐたりけり
虹立ちて目覚めぬ父に逢ひに行く
手術台雪の記憶に墜ちてゆく
秋簾電動ベッド家にくる
春月や母眠らせて湯に一人

初時雨母の重さの腰にくる

「母の重さの腰にくる」とは介護の苦労の実感なのだろう。「かなわんなぁ」というぼやきが聞えてきそうだ。その母は今年、三佳さんに看取られて、穏やかに旅立った。
　母の死は三佳さんにとって、生家を守る責任感からの解放も意味した。決心して家を処分し、同じ上町台地のマンションで新しい生活を始めた。この句集は、ちょうどそのタイミングで上梓され、三佳さんの新しい人生の門出へと背中を押すものとなった。これを契機に三佳さんの作品がこの先どう展開するのか、楽しみに見守りたい。

令和六年十月

小川軽舟

夕日の坂道／目次

句集

夕日の坂道

佐竹三佳

第一章

春潮やわれに流るるうすみどり

狂言のつよき抑揚暮の春

路地の角曲がればあがる花火かな

身のうちに暗き大陸羽蟻飛ぶ

夕顔のほぐるる闇のありにけり

鱧食うてきのふの男想ひけり

青北風や幣新しき登窯

からつぽの箱ひとつあり秋の暮

浮島に日のほのかなり鳰

行間の詰まりし手紙虎落笛

冬薔薇のひとつ華やぐ汝の忌なり

水鳥の胸ぶつつけて戦へり

冬滝や野猿の声を聞きしのみ

烈風を悦び木の芽ほぐれけり

たんぽぽに直路ありけりオホーツク

死木立つ山上の湖時鳥

尼寺の角を曲がりて涼しけれ

露散りぬ馬に鞍置く宇陀郡

天平の軒の反りたる雨月かな

細腰のズボンぴつちり憂国忌

暁光を受けし朴の葉落ちにけり

住吉や団扇一本背にさして

なまなまと白磁の壺や夏の月

壺坂の藪の抜道ほととぎす

サフラン摘む朝の光の消えぬまに
猫じゃらし枯れて空気の軽くなる

川風の吹きつくる戸や蕪漬

低き灯の錦市場や田螺売

日輪のとどまる比良や初諸子

囀や野に棒立ちの信号機

日に酔ひて顔ゆるみけり木の芽山

海上に灯の橋現れしビアホール

昆布巻の昆布の結び目梅雨に入る

空蟬をひろふ白壁影もなし

果樹園に梯子たたむや夕焼雲

秋祭竹の長きを運びこむ

蝶凍てて鉄条網にとどまれる

毛糸編む恋の終ひは吾が決めし

風花や重き工具をベルト吊り

しやぼん玉ビル荒涼と林立す

歩いては人にぶつかり春の暮

鼻先にまつはる小虫厩出

花冷の眉ととのへし薄刃かな

木戸開けて祇園小路や盆の月

破芭蕉どん底なれば上がるのみ

崩落の絶えざる崖や鷹渡る

新築の家の匂ひの良夜かな

色鳥や都心に帰る列車待つ

書きつぶすスケッチブック枯木立

居酒屋の裏口に猫冬の星

書きたてのペン字濡れをり抱卵期

坂道の途中の春の日暮かな

川舟を解く背に朝日水鶏鳴く

涼しさや湖北泊の草の丈

比良山のにはか曇りや鵙の贄

ふたたびは通はぬ部屋や冬林檎

去年今年くり出す無辜の波がしら
春の蠅女の影に入りにけり

くるぶしに草の湿りや実梅落つ

代々の写真おそろし夏座敷

水芭蕉近き山より晴れわたり
山蟻のしきりに貌をぬぐひたる

宮水の汲上井戸や黒揚羽

第二章

人の死の通り過ぎたりしやぼん玉

春昼の鏡の翳る木馬かな

オルガンに燭台ありぬ聖五月

草に浮くスケッチブック夏きざす

田に入るる水の清冽山桜

蜘蛛の糸一筋強し滝しぶき

鹿鳴くや幻を見し赤子の手

北へ行く列車に蜜柑甘きかな

山荘に昼の門灯春霞

青銅の鏡にほへる春の鹿

物の芽の愉快な形雨あがる

すまし汁椀に張りたり青簾

高気圧おほふ大気やトマト捥ぐ

鶏鳴のあとの無音や田水沸く

寝不足の酢つぱく昇る夏日かな

鱧鮨や町内廻る奉加帳

蛍火や男の黙に焦れゐたる

気短かの風鈴鳴りぬ通し土間

浴衣着て雨を見てゐる女の子

黒板に梅雨の湿りの文字のこる

きりきりと火蛾舞ふ夜ごと手紙書く

乗り込みし人の熱気や冷房車

すいつちよん溲瓶洗ふ手やすめたり

冬遠からず鮭缶のロシア文字

遠火事に切れば血の出る女だよッ

湖に満ち引きのなし鐘供養

母の手に直す襟元知恵詣

竹婦人昼はタオルをかけてある

兵児帯の鹿の子絞や蚊遣香

二階より鉾に移りし素足かな

肩口に浴衣引きあげ笛の衆

火蛾狂ひけりバンコクの拳銃屋

こほろぎの飛び出すバケツ水汲場

木の実落つ道は港に集りぬ

父の手の胡桃しめつてゐたりけり

りんだうや楽団着きし島の宿

台風の雨音しげき枕経

黒牛のくろきまなこや草の花

はればれと山粧ふや草競馬

母の唇ゆるびて声や花八手

冬ぬくしねぢ山甘くなりにけり

キヨスクに新年号や年の暮

コップ酒コップ残りし花の昼

路面電車坂にかかりぬ夕桜

虹立ちて目覚めぬ父に逢ひに行く

緑蔭に大きな借りのあるごとし

濡縁のさみしくなりぬ走馬灯

人声の容赦なく入る網戸かな

秋立つやからんと鳴りし洗面器

西空の明るき日照雨ばつた跳ぶ

身に入むや母の隣に床のべて

猪垣の破れに大き水溜

畝高く大根の肩みづみづし

松の辺に菰と荒縄池涸るる

中古車売る幟へんぽん大根畑

年の暮老舗喫茶のブラームス

あをあをと湖を眼下のスキーかな

糸屑の離れぬ指や春寒し

花時のバレエの少女鏡籠め

アーケード一直線やつばくらめ

朝顔の双葉や父の百ケ日

抽選のガラガラ廻す浴衣かな

草いきれ錆びしカラビナ踏みにけり

牧場の牛乳届く避暑の宿

朝蟬や通天閣に月のこる

野の宮に草の乱れや秋灯

銀漢や草にねむりし島の牛

月射して鰯の群の渦なせる

冬ぬくし動物園に丘や渓

婀つけに立つやいづくの除夜の鐘

病院の進まぬ時間冬薔薇

綿虫や朽木重なる沼の面

第三章

初午の踏切に人溜まりけり

御一新の御世を見てきし雛かな

春闘や年々減つて正社員

酔ふほどに膝の冷えたる花見かな

松蟬に昼の静けき熊野道

短夜や長距離バスの街に入る

網戸して低き灯に川の音

奈良団扇膝の男にはたはたと

日焼して大阪駅に荷を降ろす

遠雷やビニールハウス土熟れて

お櫃からよそふご飯や避暑の宿

沢蟹にこどもの影の被さり来

干柿をよけて通りぬ外厠

部品工場集まる町や秋簾

木椅子引く床のタイルや冬近し

雁やさして深紅の刺繡糸

農業法人シニア募集す冬菜畑

自転車を引き出す枯葉踏みにけり

人形に動悸の移る暖炉かな

丸く寝る檻の獣やクリスマス

年忘表に出ればちりぢりに
しまひ湯に四天王寺の除夜の鐘

手術台雪の記憶に墜ちてゆく

チェーン巻く男の雪を払ひ遣る

種あまさず餃子包めば春近し

春雨や堂島川に潮の香

春の宵白き卓布に人を待つ

蜂去りし蜂の巣雨の伝ひけり

石楠花の十重に二十重に塔に寄す

胸底の秘密分けあふキャンプかな

蟻の列中国株の暴落す

秋簾電動ベッド家にくる

軽く掃く葉月の座敷箒かな

迎火に子のサンダルの照らさるる

浚渫の砂山高し椋鳥渡る

病室に秋果をむけば夕汽笛

鶯飛んで谷の朝日を翳らする
柊咲く一人が好きなひとりっ子

煤逃のパチンコ調子付いてをり

左義長の灰漂ひて地に落ちず

水仙や櫛を通して母の髪

少年は雨に走らず冬木の芽

冴返るテイクアウトの紙袋

無認可の保育所灯る桜かな

鹿せんべい売る緑蔭の椅子小さし

梅雨明や時報に合はす腕時計

蝮捕眼を三角に凝らしけり

歯磨きに鳥の見えたる避暑の窓

陵は常闇を抱き草いきれ

新涼や爪切仕舞ふ小抽斗

蓮の実の飛ぶや直帰の外回り

枯園にあたたかさうな二人かな

古書店のモネの画集や冬浅し

餅搗や臼のまはりに鶏歩く

湯ざめして恋の初めと知りにけり

第四章

春暁や星粒立ちて草ぬらす

ピエロと風船子供ばかりの病院に

春昼や硝子戸閉ざし鯨売る

湯上りにめぐる朝市干鰈

真つ先に朝日に照りぬ夏蜜柑

キャバレーの指名飛び交ふ花氷

旺んなる母の食欲誘蛾灯

朝顔市猫がよけたる水溜

鞭入れて炎帝の馬車天駆くる

溝萩や板戸外せし能舞台

駅舎出て夕空広し蕎麦の花

沖波の朝日に明けぬ鰯引

神主に花嫁に降る木の実かな

デパートの屋上の空七五三

警官も記者もあたってゆく焚火

港まで路地の石段猫の恋

御忌更けて母平らかにねまりけり

艫綱を女に投げし桜かな

痛さうな鞄の角や新社員

春月や母眠らせて湯に一人

サイダーに子役の休み時間かな

紫陽花や読み上げ算の声高く

真夜中のブログ更新熱帯魚

葛餅を苞に大叔父来りけり

限界まで汗と笑顔のチアガール

蟬声やじやばら折せるスポーツ紙

三線の高まる酒場葉月潮

明け方の枕のくぼみ西鶴忌

カンナ咲く校庭櫓組み始む

取り壊す家の縁側今日の月

秋海棠温泉宿へ道のぼる

付け人の運ぶ明荷や鰯雲

秋暑し雲なみなみとビルの窓

駅遠きハローワークやカンナ咲く

蔵元の紺の前掛冬近し

凩や盲導犬は低く待つ

大寒やタクシーを待つ星あかり

凍豆腐夜汽車は闇に灯を連ね

燕飛ぶ貸自転車を引き出せば

囀やポットに満たす朝の水

眠るとき手を開きをる桃の花

青麦を貫き貨物列車行く

惣菜の軽き包みや朧月

母の日の真白きシーツ取り込みぬ

朝焼の沖へ漁船のとぶごとく

夏足袋の師範薙刀構へけり

夕顔や灯りそめたる補習室

田を渡る風の匂ひや走馬灯

長月の花舗の鋏の響きけり

船笛の低くくぐもる雨月かな

秋の蝶草の低さにまぎれけり

灯明を運ぶ回廊冬安居

らふそくの消えし寒さの匂ひけり

寒柝や一町つづく寺の塀

勲章の褪せたるリボン水涸るる

上司よりうるさき仲居鋤焼屋

緩和病棟風なく冬日あふれをり

工場のサイレン近き柚子湯かな

年の瀬の社旗にアイロンかけにけり

長靴の親子に氷湖広きかな

裸木に太陽小さし三輪車

うすらひの溶けたる魚のなみだかな

そつぽ向く舞妓のあくび花菜漬

城山の雑木あかるし巣立鳥

夕霞後ろ姿の父に会ふ

第五章

田楽や酒を待つ間の川の音

観潮や腹にこたふる船の揺れ

天神の茅の輪はかなき縁あり

うすれゆく明けの明星トマト畑

雷鳥の声聞きとめし霧迅し
かつをぶしをどる豚玉日の盛

朝焼に引き出す馬の胴震ひ

水害の碑文うすれし紫苑かな

八千草の谷パラグライダー降下

熱燗を口がむかへに行きにけり

うどんだし香るホームや雪催

貂消えて風の林の星冴ゆる

青空を見上ぐる熊のガラスの眼
髭の鯉笑みたる如し水温む

踏青や夕景の島寄りあへる

珈琲店しづかに混める余寒かな

雲雀野を一列に行き老い初むる

蜃気楼港に船の無かりけり

賽の目の一が天向く花筵

同僚の病欠長き薄暑かな

玉のれんくぐれば鳴りぬ梅雨の家
雹やみて音の消えたる街昏し

松高く大華厳寺の門涼し

初秋の鰻屋女客多し

洗面の窓の明るし小鳥来る

文明の興りし大河鳥渡る

湯治場のひさし短き野菊かな

さくさくと葱をきざみて考へず

綿虫や写生の子供散らばれり

初空やビルを従へ御堂筋

水菜割り水ほとばしる朝日かな

港食堂春雪踏んで戸を開けし

姉らしく吹いて見せたるしゃぼん玉

藤房に飛びつく池の光かな

たんぽぽや外野に声を張り上げし

杏咲く足裏笑へる赤ん坊

大き耳血潮透けたる鹿の子かな

日向水ゴーヤカーテン緑濃き

海鳥の声のかぶさる鰯船

迎鐘ちからいつぱい父を呼ぶ

料亭へみちびく灯萩の風
顔の汗したたしたた落ちる秋簾

露の穂におんぶばつたのしがみつき

舟着場のこる蔵元今年酒

ウエイトレス秋晴の窓見てゐたり

初時雨母の重さの腰にくる

改札前掃く駅員や年の暮

林中のスケートリンク月蒼し

石蕗枯れてわたふくふくと風待てり

底冷の倉庫消防検査待つ

如月やきつねうどんにかやく飯

雪柳キッチンカーにランチ買ふ

大柄の伯母とぼたもちお中日

存へし鸚鵡かご嚙む春の昼

街道のビジネスホテル麦の秋

てすさびの賽子二つ五月忌

黒南風に高所作業のアーム伸ぶ

蟻地獄引きこむ砂の渦速し

梨むく手ぬらして夜のみづみづし

八手の葉ふかく切れ込み涼新た

提灯屋夜なべの明かり路地に落つ

新豆腐肘入れ掬ふ槽ふかし

明け初めて蒼き野面や秋の霜

目につかず逝きし子供や枇杷の花

ネタ合はす声困に攫はるる

顔捨てて坐りし男暦売

冬至湯の柚子もあひるも浮きたがる

行く年の大阪の空星小粒

年用意母の肌着を新しく

あとがき

俳句を始めて二十五年が過ぎ、定年退職を機に今までの句をまとめる事を思い立った。

作句のきっかけは母の大病だった。良好な関係とは言えなかったのに思いがけず動揺した。気持ちを落ち着かせるため、自分に出来そうに思えたのが俳句だった。藤田湘子主宰の入門書に導かれて鷹に入会した。

俳句とあゆむ日々は尽きない刺激があり、湘子主宰、軽舟主宰からの指導はもちろん大小の句会で個性的な先輩方から学ぶ機会があった。日常生活ではまみえることのない魅力ある方々と知己になり、憧れた。

気がつけば俳句を伴走者として移り行き巡り来る歳月を走っていた。仕事や家庭で困難に見舞われても力強い伴走は止むことがなかった。むしろ自分を見失ってしまいそうな時こそ、カメラを引いて俯瞰するように客観的な視点を与えてくれる。そして胸の奥底に畳まれている何かを言葉にして浮かび上がらせるのだった。

上梓にあたり、小川軽舟主宰にはご多忙の中、選句や序文、助言を賜り心から御礼申し上げます。

句集上梓に関わってくださった皆様、句会をともにしていつも支えてくださるすべての皆様に深く感謝申し上げます。

令和六年十一月

佐竹三佳

著者略歴

佐竹　三佳（さたけ・みか）

昭和34年　大阪市生まれ
平成９年　「鷹」入会
　　　　　藤田湘子に師事
平成17年　「鷹」同人
　　　　　藤田湘子逝去により
　　　　　小川軽舟に師事

現在　俳人協会会員　大阪市在住

句集　夕日の坂道　ゆうひのさかみち

二〇二四年一二月二五日　初版発行

著　者――佐竹三佳
発行人――山岡喜美子
発行所――ふらんす堂
〒182-0002　東京都調布市仙川町一―一五―三八―二F
電　話――〇三（三三二六）九〇六一　FAX〇三（三三二六）六九一九
ホームページ　https://furansudo.com/　E-mail　info@furansudo.com
振　替――〇〇一七〇―一―一八四一七三
装　幀――君嶋真理子
印刷所――日本ハイコム㈱
製本所――日本ハイコム㈱
定　価――本体二六〇〇円＋税

ISBN978-4-7814-1718-9　C0092　¥2600E

乱丁・落丁本はお取替えいたします。